乱
向陽詩集

三木直大 編訳

思潮社

台湾現代詩人シリーズ⑧

乱　向陽詩集

三木直大編訳

乱

向陽詩集

目次

I 十行 1976–1984

装幀＝思潮社装幀室

I 十行 1976–1984

小さな駅

まるで去年の秋の
雨に打たれた金色の羽のような
故郷のイチョウ並木の、鬱蒼とした暗がりのなかで
縮こまって立っている
あの真っ赤な小さなもの、それは花？

今年の春の異郷の黄昏の車窓から
眺める、一羽のサギ
　　薄ねずみ色の翼をひろげ
　　緋麗の夕焼けの空を、ゆうゆうと
飛ぶ

一九七六・三・二六　山仔后

独酌

ほとんどいつも
山裾を囲んで輝く家々の明りを眺めているとき
見えるのは、一群れの蛍
慌ただしく、呑みこんでいる
家からの手紙に遮られた月の光を

どうしても考えるときがある
家の背後のあのさらさらと流れる渓が
狭い堤防を突き破り、怒って青筋をたて
源流に向かって叫ぶのを、私はただの容器の
一種ではないと

一九七六・八・一三　渓頭

水の歌

さあ乾杯。二十年後には
みんな老いているだろう、葉が大地を
埋めるように。園の中では小さな道はひっそりと暗い
ぼくたちに巡らせてほしい
夜の中を、灯火を手にして

思いのままに。二十年前は
まだじゅうぶん若かった、花が咲き
枝をのばすように。朝の木の下では紅葉が落ち雨が降る
ぼくたちに聞かせて欲しい、書斎の
詩と、ゆったりした秋色の歌を

一九七六・八・一四　渓頭

雨が降る

冒険を求めて家を出るべき年になった。
都市の繁華に憬れる少年は、枝の落ちつくした老木を
切り倒し、古木の中を
巡る年輪に、閉じ込められた
朝露を思い出した

家に帰るべき時がきた。
愛する孫の帰還を待ち望む老人は、茶の香りの満ちた
小杯を手に持ち、杯の中の
逆さに映った皺に、深い色を湛えた
江河を見た

一九七六・八・二一　渓頭

帰らず

残照がゆっくりと織物屋の流漿を
驚きの色に染めあげ、屋根裏部屋の何台もの織機が
窓の外の押し黙った斜陽をひたすら編んでいる
水の音がながれる、一昨年の夏
スズメは軒下からいなくなり窓の呼びかけを忘れた

去年の冬の厨房はいつも雪片を
調味の食塩に使うのを忘れず、どの料理にも
靴の道程と風の級数を漂わせた
枯葉は今年の秋をさらさらと落ちる
やはり花は春の訪れをまたねば開かない

一九七六・九・一〇　渓頭

天気雨

午後、ぼくは苔蒸した山道を
下る、風は雲の音を帯び
葉は腰を曲げて暮れなずむ空を
引き留め、キジバトが一羽
ニレの小枝の茂みから飛びたち旋回する

植物の愛情、憬れの
飛翔、黄昏の濃くなる林の
風景は雨を呼び、すきまから
灰色の岩に上り、射しこむ陽光が
とぎれて、涙を浮かべた小さい花になる

一九七六・一二・一三　紗帽山

山の月

ぼくは茂る枝葉の手をひろげ
きみの夜になって洗われた顔を
受とめるしかない
一昨日の雨の後　きみは
ぼくたちの別れた小さな駅を彷徨っていたという

悲しみと恨みは旅立ちとは関係ない
ぼくは風に乱れた髪をそっと撫で
こう言うしかない
ぼくが一人羽を伸ばし野原に入ると
きみは気儘な空になった

一九七六・一二・一三　紗帽山

霧

霧が潮が満ちるように襲ってくる
そのときキンキンという斧の響きが
ゆっくりと隠れていく山の頂から
クウクウと、谷で鳥が鳴くように
静かに、霧が小さな村を侵略する

霧が黄昏のようにおとずれる
寂しい葉の蔭が発芽を始めた小さな枝を
慈しむ姿はもう見えない
ゆっくりと、ぼくは父親の遺した手紙を読み
すみやかに、霧は窓から入りこみぼくの目を読んでいる

一九七七・一・一八　紗帽山

草の根

もっと荒っぽくもっと激しく掘られても、
ぼくも柔らかく体で受止めよう。
厳しい日差しや長雨に耐えるのが下手だから、
きみはぼくが隠れる泥土を蹴って、
さらにぼくに灰色の瓦礫を残していく……

だから晩露が静かにおりさえすれば、
ぼくは黙々と髭を伸ばし、泥土を探し、
もう一度根を下ろす、苦しいが喜びの旅に出かける。
もしきみがまた来ても、唇に嘲りの笑みを浮かべても、
ぼくはすまなそうにきみに美しい微笑みを返すだけだ。

一九七七・一二・一六　樹林

夜来る

疲れきった鳥の飛翔と悲鳴がぼくのなかで揺れている。
プラットホームの湿気を帯びた人々の群れを押しのける、ハスの葉の——
転がる露の玉、そしらぬふうに、
乾いた眼差しを見知った人の影に向ける、
冬、路地、ためらい定まらない恋の葉蔭。

ぼくはきみに会いに来た、窓の明かりが、消えているのがこわい、
まるで長年会わなかったみたいに、ぼくはおずおずしながらきみの名を呼んでいる。
ドアを隔てて、雨露とポツンと灯った明りを隔てて、
互いに見つめ合うのがいちばん苦しい、
たまった涙が雪にまじって落ちる……

一九七八・一一・八　陽明山

心のこと

浮き雲が薄暗い顔を埋める
樹影と青空を映す小さな湖
湖は水に刻まれた皺を
風にまかせ魚にまかせる
心のこととは楊柳が湖にぐるぐるとまとわりつくことだ

過ぎ去った昨日の夜が未来の明日を引きとめる
霧の中を舞いながら落ちる葉が
湖に映った橋桁にひっかかる
声をあげない悲しみと喜びと
影の中の魚と葉の出会いの驚き

一九七八・五・一一　高雄小港

種

頼れる美しい花を毅然として離れないと
ぼくは枯れ枝の折れる音しか聞けない
芳香も、ハチもチョウも昔日も、そのすべては
風とともに消えてしまう。葉の庇護を拒んでやっと
ぼくは土を破裂させる喜びを待つことができる

だが山を選んだら広大な野原には住めない
海辺に身を寄せれば、谷川に洗われることもない
天と地の間は、広大だがかくも狭い
ぼくは漂い飛び揺れ、自分に適った
根を下ろし茂れる土地だけを探しにいく

一九七八・五・一五　高雄小港

秋

葉は枯れた枝にとどまれず
次々と明け方の寒い湖の淵に落ちていく
傘をさして露に濡れた湖畔を歩く人がいて
マツの実が右側の林で落ちる音を
耳にして、驚きの声をあげている

きみはそんなふうに来たのか?　さざ波と
こだまが人気のない湖面で揺れて
ウキクサが突然立ちあがる
映った山の影が雨の上がった藍色の空
に口づけをする、そして秋は深くなっていく

一九七九・一一・二七　台北

村の風景

アシの花が北風に洗われ
鬢を白くし、ゆっくりと流れ
とぎれることのない小川の水が、苔のついた石を
洗っている、水のほとりでしゃがんだり立ったりしている女が
朝日の中で黙々と青春を洗っている

朝日の中で、小さな村は黄色の光と色に
あふれ、衣服を洗う母親の背の
赤ん坊は眠り、あちこちで
布を叩く水の音、聞いているのはただ
かごの中の衣服と、上流の白いガチョウ

一九八二・一二・二　南松山

ためいき

草の花と木の葉が正義を言い争う時
渓水と砂石が真理を研究し合う時
荒れ狂う風と暴雨が信念を宣伝する時
最もぬかるんだ色を使って、道路は
ためいきをまだ騒がしい谷間に残していく

紙魚に食われた本の中から
廃水に侵蝕されたイネの苗から
砲弾に砕かれた残壁の中から
最も深いデシベルで、世界はためいきを
目も見えず耳も聞こえなくなった人類に伝えている

一九八三・一二・二九　南松山

制服

彼らは同じ服を着て、同じ腕を
ふり、同じ歩幅で踏み出し
草の生える春の道を歩き、満足げに
眉と、唇と、肩を水平線
に寄せ、注意深く静かな野原を測量する

風さえ咳をする勇気がない。彼らは
うぬぼれて尊大ぶる木を伐採し、枝と葉に分かれた花を
切り揃える、最後に同じように
首を上げて頭を振る、地上の庭師は
もちろん空に溶ける雲までは制圧することなどできない

一九八四・三・四　南松山

籐の蔓

最初は従う、閉じ込められた井戸の底の
一本の籐の蔓、暗い片隅に身をかがめ
じめじめした水に襲われるのに任せている――見あげると
ひとすじの光、井戸の底から
はるかに見えるのは、区切られた藍色の寒い空

手足を伸ばし、籐の蔓は古井戸の鎖を
とこうとする――ぶつかりねじりよじ登り、最後に
救いのない井戸を逃げ出し、枯れて
横たわる、井戸の外の微かな光の中を
スズメが飛んできたり、飛んでいったりしている

一九八四・三・一〇　南松山

立場

きみはぼくに立場を聞く、黙って
ぼくは空の鳥を見て答えを
拒絶する、人の群れの中でぼくたちは同じ
空気を吸い、喜びも哀しみも
同じ土地に、立っている

同じではないのは目、ぼくたちは
同時に道路の両側を見る、たくさんの
足が往き来する。もし方向が違うのを
忘れているのなら、ぼくはきみに答えてあげる
人の足の踏む場所が、すべて故郷だと

一九八四・三・二四　南松山

盆栽

盆栽になって、彼はもうじゅうぶん満足を覚えている
区限られた盆の中にいることに。彼は持っている
自分の領域を、太陽の光と、水と
空気を持っている。しかも同世代と比べて幸運だ
戸外の風雨を怖れることもなく彼は密かに喜んでいる

保護された窓の縁に立って、彼は謳歌する
広大無辺な天地を。嵐と稲妻の
壮麗さ雄壮を讃える。薙ぎ倒された
花や木を鼻であしらっている
下品に生きるくらいならと、盆のなかの緑を選んでいる

一九八四・三・二六　南松山

Ⅱ　霧社　1980

霧社

子　伝説

伝説では混沌開闢のとき、いわゆる闇夜はなくいわゆる陰暗疑懼は夢にすら見えることはなく大地は光明、太陽は休むことなく照り、西方に太陽が落ちると、東方からまた一つが現われたそれは月ではない、何故なら夜は決して訪れず夜が訪れないから夜鶯の歌は聞こえず、沈鬱な恐怖の音は一切なく鬼怪が襲う恐れもなかった。森では様々な花が萎れることすらなく咲き乱れ彼女らは厳しい日差しの中で強張り、朝と夕にこっそりとため息をついた、とはいえ朝も夕も同じで、悲痛な休息は、更に長い抑圧と虐待を

受け入れるためにすぎなかった。川の中の泳ぐ
魚も同じく、黙々と昏睡の波紋の中を泳ぐだけ
太陽は毎日偉大な不死の軌道を反芻してなぞり
ために闇夜は駆逐され、ために世界は光が溢れ
夜はなかった、そこで恐怖はなく鬼神も要らず
すべては光明、だから私事はなく休息は奪われ
朝露さえも結ぼうとせずいわゆる幻滅すらなく
晩霞さえも飛ぼうとせず驚きも必要がなかった
いわゆる暗黒はなく、すべてかくも明るかった
伝説では神の定め、タイアルは巨木から生まれ
巨木は天を衝き、多くの勇者善き者の魂を宿し
暴風雨の中で、その葉陰で覆っては人々を守り
雷鳴が轟くとき、その枝を伸ばして天地を守り
善者は堕ちず、凡そ姦し奪うものは地獄に堕ち
勇者は墜ちず、凡そ懦え怯うものは無門に墜ち
巨木は鬱蒼と茂り、七色の虹でわが一族を渡し
虹の橋は軽く、徳の軽い者は罪業によって傾き
虹の橋は隠れ、悪を隠す者は善勇によって浄め

巨木は林となり森となりタイアルの命を守った

伝説ではタイアル生誕のとき、太陽は光を集め
白く輝いたが、夜の帳と星の影がすぐに降りた
夜の帳が降りると、万物はその目を閉じて憩い
花たちは堅固な武装をとき、夜鶯は壮んに歌い
炎熱はなく、族人は歓喜して太鼓を打って踊り
聖なるタイアル神の子は露を滴らし草木を潤し
美しき景色と善き時間が、ひとときひろがった
翌日、風は西北西に吹き、太陽は休みなく照り
やはり、西に一つが落ちると東に一つがのぼり
族人は恐れ、いわゆる闇夜、ひとときの休息が
必要だった、そこで檳榔木を囲んで並んで座り
各社はこう決めた。すぐ六人の若き戦士を遣り
長弓強矢を手に、穀種を背負いタイアルの子と
東に向かい、川を渡り山を抜け太陽を伐つべし
命には限りあり蒼天は果てなくまた極まりなく
四十年がすぎさり六名の髪は白く太陽はやはり

東から西に巡りタイアルももう若くはなかった
その日霧が落ちて、社は東南東にあった、六老
一壮は弓を張り風を満たし、四本の矢を一斉に
放ち、目を閉じて息を殺した、そのとき雷鳴が
西北に轟き、紅雨が降り、一つの太陽が落ちた

丑　英雄モウナ・ルーダオ

それは昔のことだ、しかし昔を
おれたちは蔑み忘却したいわけではない。英雄
モウナ・ルーダオは目を伏せて言った。おれたちは
みなタイアルの子孫、そのことを心に刻んでおかねばならない
天の太陽の非道は、糾さねばならない
残忍な番犬はもちろん誅さねばならない
おれはおまえたちに応えよう、抵抗はかならずのことだ
ならばバッサオ・モウナよ、おまえはおれの次男だ
おれがかつて東京に赴たことは知っていよう、おまえの叔母

ウマ・ワリスの縁者だからだ。栄誉とは
弱者の忍耐の悲しみというのが正しい、犬のように
主人に餌を与えられ、やつらはおれを丸め込む
おれが知らぬはずはなかろう？　「和番」とは
おれたちの最大の恥辱！　この上ない恥辱
心してかからねばならない。花岡一郎よ
台中でおまえはやつらの師範教育を受け
いちずに日本を、文明を
奈良の荘厳と立ち上る香火、さらには
名古屋伊勢湾と熱海温泉などなどの
温柔天雅を羨望する、しかし羨望とはなんたる悲痛

なんたる悲痛。ピポ・サッポよ、まずは心しずめよ
やつらがおれを従順な犬に選ぼうとしていることなど気にはかけない
乾杯しよう！　おれは気にかけることなどない
キーロンの埠頭を離れる時、天は高く海は青く
おれは決めていた、霧社のために耐えようと
忍耐は臆病ではない、しばらくの妥協だ

事は慎重でなくてはならない、おれたちは選べないわけではない
やつら、日本の花と木はよく茂っている
霧社の一草一木、一砂一石は
とりわけおれたちの世話を待っている。ワタン・ブッシャオよ
おまえはいましがた杉浦巡査に腹をたてていた、やつは
おまえの頬を二度打ったのか？　二度の頬打ちは
霧社が立ち上がることがなければ、こののち
おれたちの子孫が両の目を失うことになるだろう
立ち上がろう、まずは根がはるのを耐えるしかない
強大にならなければならない。おまえたちの枝と葉がひそやかに
ヒノキがどのように育ちそして雨や雷を恐れなくなるかを
草がどのように地表を突き破り、青々と茂りはじめるかを
おれたちは堪え忍び天と地に何ものも怖れぬ笑顔を返さねばならない

おまえたちみな黙ったのかみな
黙ったのか？　もう一度思い出してみろ
祖先が太陽を伐ったことどもを、もし

おれたちがタイアルを背負う勇士であるならば
この戦いは避けることはかなうまい
だがタイアルはもどってくる、その清く澄んだ目が
おだやかな月のなかで、今夜煌めいたのを
おれはみたように思う。天の道が正しくなければ
その軌道すらかえることができる。ならばまして……
だから花岡、バッサオ・モウナ、そしてピポ・サッポ
おまえたちは霧社の者ではないか、最後の望みを
おまえたちは消すことはできぬ、黙って封じることはできぬ、黙って
おれはおまえたちに応えよう、タイアルの子孫は時を伺って動くのだ
十年前おれの父親が蜂起ったことがある、五年前
おれも蜂起ったことがある、また五年がすぎた
さあ乾杯だ！　未来のない子供たちよ
おれたちは死ぬ、すべての希望と幸福は
子孫に尊厳と自由をもたらすことだ
おれたちに勝算はない、しかしこの戦さには勝たねばならぬ
おれたちは死んでもよい、起ちあがり抗い、そして死ぬ

寅　花岡独白

しかし、ハボン渓よおまえは絶壁にぶつかり
おれたちを見捨てた、そうではないか
天と地の間の物事はすべてこのように
背反するものではないか？　離れれば再び戻りはしない
すべての人類の属性はそんなに異なるものでは
あるまい？　生まれに貴賤があるのは
タイアルとて同じ、日本とて同じ
しょせん名の違い、そうではないか！　呼称の方便
ではないか？　同じ
髪と目と耳と鼻と口に、手と足

同様に人ではないか？　ハボン渓よ
教えてくれ、山地から流れるものと
平地から湧きだすものも、すべての
動かず波立たぬものも激しくほとばしるものも、水で
はないのか？　マヘボ渓と比べて

おまえたちは誰が強く誰が弱いのか？　ただ名の
ただ呼称の違いだけで、おまえたちは
戦うのか？　あれらの弱々しい水の流れも
侮るのか？　その行きつく先は
同じように集まって海に入り、声なき泡となるのだ

モウナ・ルーダオは言った。おれたちは堪え忍び
天と地に何ものも怖れぬ笑顔を返さねばならない。五年前
教育所の教科書がこうおれに諭した
「天皇陛下への赤誠忠心あってこそ
日本人となれる」、なれるかなれないか
子供のころからおれは日本人のように教育され
成長した、野のショウガの花の努力のように
おれは誠心誠意気高い菊になろうとした
しかし「ように」は「だ」ではない
ショウガの花に生まれて、菊にはなれない

おれが日本人にはなれないのに、やつらが

タイアルになれるはずはなかろう？　おれたちは望んできただけだ
愛情と善良な友情を
モミと青竹は形は違うが、ひたすら真っ直ぐのびる
人類の種族はそれぞれ異なるが、正義を尊び自由を愛するのは
同じではないか？　ハボン渓よ
おれに答えてくれ、おまえの行く手を強く
塞ぐものがあれば、おまえはまず
隙間を探し出口を求めるだろう、出られなくとも
おまえは微笑みを返すことができるのか？　なんたる忍辱
だがおれには、やはりタイアルのすべての青年には
そんなことはできない、霧社の最後の希望なのだ
差別の教育、種族の差別それから様々の
虐待、あるいはしばらくは妥協はできるかもしれぬ、だがやがて
争いとなり、時はおれたちを支持するだろう。しかし
森に関わることを、ハボン渓よおまえは知っている
タイアルの行く末を、馥郁たる旺盛な生命の
ヒノキは群れをなして聳え、果てない霧社の空を
載せている。百年千年とおれたちを守り

おれたちを育て、おれたちに力を与える聖なる樹木よ
やつらはとうとう使った、銃剣と、ムチとそして
「バカヤロー!」で、おれたちにおれたちを伐つよう迫った
タイアルがおれたちにくれた手で、おれたちに虐殺するよう迫った
おれたちに生命をくれたタイアルを! おれたちに迫った
タイアルが怒るように。ああ、ハボン渓は許さない
沈黙を、ヒノキが守ってきた霧社が
空を失うのを、おれたちには何も残らないなら
おれとおれの友にほんとうに何も残らないなら、未来がなければ
おれたちは刀を首に当てすべての幸福を殺すほうがよい
罪なき子孫のために、彼らに広い平坦な道を歩かせるために

卯　末日の盟約

彼らは月の照らす街道を
すすんだ、周囲の山々は暗く沈み

桜の木の奇怪な枝が深青の海のような空に
伸びていた、ランプの灯りがそこここの家から洩れ
あし笛のかすかな音が、低く響き、水の音とともに
流れてきた——星が流れると
右前方の窓から泣き声がして
赤ん坊が生まれた。生まれるべき
時がなんと悪いと、ため息が
もの悲しく風にまい、苦苓の葉がざわざわと
揺れた。時が悪い！　先頭の
青年が頭を垂れて言った。おれたちもではないか
残酷な統治のもとで正義と自由を求めるとは
落ちる木の葉のようではないか！　叫び声をあげ秋に緑を
求めても、訪れるのは、冷たい土の中に埋まることではないか

だがバッサオ・モウナよ、おまえの話は正確ではない
おれたちの世代には正しくとも、将来のことは間違えている
おれたちが希望を繋ぐのは次の世代だ。右側の
花岡は暗く沈む山々を見上げ

また言った。そうかも知れない、おれたちの抵抗は
まさに木の葉が緑を求めて秋に殺されるようなものだ
ならば秋は終わればよい——秋が終われば
左側の青年はつよく石を蹴りながら、言った
秋が終われば、更に酷い冬が続いてやってきて
おれたちは土の中に埋まる、それもよし
しかし霧社は更に寒さに震え、更に寂しく
霧社は枯れ葉すらなくなる

そうだ、ピポ・サッポよ、おそらく
根も幹も更に厳しい冬の侮りを受けねばならない、おそらく
さきほどのあの赤ん坊の泣き声は、運命だ
この話はやめよう　おれの心は乱れた
おして花岡は続けた。日本は台湾を占拠して
続けて三度おれたちを侮った、三度の
冬は、どの酷い冬の前も
厳しく寂しい秋ではなかったか
やつらは大砲でおれたちの郷里を爆撃し

警察と軍隊でおれたちの祖先を殺戮した
いずれも冷たく酷い冬ではなかったか
葉は落ちつくし、幹には深く激しい
傷跡、傷跡は深く激しい、しかし霧社は
霧社は倒れない。霧社はタイアルの子孫
おれたちはヒノキの子孫だ、葉が落ち
つくせば、春の風の来臨はすぐそこだ
それが真の定めなら、おれたちが落葉にすぎない定めでも
新しい芽と春の風を口づけさせることができる、そう自らを頼もう

そしてモウナ・ルーダオはおれたちを諌めた、霧社のために
耐えねばならない、ワタンは行進の後ろで
怯えた声をだした。耐えるのは弱さではない
のか？　ワタンよ。花岡は暗い笑いをうかべた
月が傾き、光が彼の鼻の上を照らした
覚えているか　あの夜おれたちがモウナ・ルーダオに会いにいったのを
やつが話した伝説を？　おれたちのタイアルが
どのように太陽を射たかを！　覚えているかあの夜の月が

モウナ・ルーダオの涙に溢れた眼に映っていたのを、やつの話を
覚えておかねばならない、おれたちは死ぬ、起ちあがり
反攻し、死ぬ。おれたちはみな霧社の
最後の望みだ、おれたちには未来はない
何をためらう？　新しい生命はすでに訪れた
夜は深い。月が落ちた。彼らは小屋に
隠れ、老人が灯をともした

辰　運動会前後

すべての準備はもはや最後に
近づいた。その夜各社の青年たちは潮のように
モウナ・ルーダオの家に溢れた、彼らは
頭に白い布をまき、風を受けてたち
微かな灯りを照らされながら、モウナ・ルーダオ老人の指示に
耳を傾けた。行け
バッサオ・モウナよ、おまえは隊を率いてすぐに出発し

マヘボ警察駐在所の日本人を襲え
ピポ・サッポよ、おまえはボアルン社を奪へ
ワタンよ、おまえは、スーク社へ向かへ
そののち落ちあって尾上駐在所、桜駐在所などを攻めよ
猫のごとく静かに、タカハヤブサのごとく鋭く、やつらを
一人たりとも逃すな！　そして花岡よ
おまえは霧社の外への通信の切断の責を負え
子の刻はすぎた！　何もなければ、行こう
出発だ、人馬と火種が
霧社の周囲のすべての駐在所に散った者たちが
待っている、一つの刻と一つの憎しみが
天と地の草花と森林を黒く染めるのを
興奮して泣く者がいたが、声はなかった
涙はしずかにショウガの花蕊の中に落ち
空はすでに黒く沈み、黒い雲がすきまなく広がり
影が一つまた一つと流れ星のように燦めいた
怒りが天の雲を起こし、百年の悪夢は清めがたく
刀の鞘は血で汚れ、千年の悲しみが洩れた

それぞれの道を辿る人馬は暗闇に乗じて再びモウナ・ルーダオの傍に戻った
社外のすべての日本警察はもはや消滅した
モウナ・ルーダオは漆黒の空を見上げ
頭を振って呟いた、恨みで恨みに抵抗し、血で
血に対峙する、本当は分からない、正しいのか間違っているのか

穏やかな日差しの秋の朝だった。微かな風の
霧社の小学校の運動場、美しい和服には
錦の刺繍が施され、鳥の囀りのような
さざめきはすべてのタイアルの動悸を押さえ切れなかった
運動場の南の森に身を隠した
モウナ・ルーダオと青年たちは息を殺し
目は鋭く光り、警察の制服の動きを
探っていた、霧社の外へ向かう
すべての道路と山道の、あちこちには警察が散らばり
日本人の宿舎にも見張りがたっていた
微かな風はやはり、ゆっくりと吹いていていた
時間が脈打ち雲の層が美しく変幻し

運動場の内と外の二つの異なった心が始まりを待っていた
来るはずの各社の駐在所の警察はまだ来ず
一人の姿も見えなかった、警官分室主任の
佐塚愛佑らはやきもきして待ちながら
しきりに時計を見ては、湧きあがる痰をしきりに飲み込み
ひくつくまぶたをこすっていた、おかしなことに、このものたちは
昨夜酒に酔い儚い夢も見ていなかった
司会を担当する花岡一郎が号令の声を高く挙げた
「運動会開始、全員起立」
学童と日本人全員が恭しく起立し、南の森の
モウナ・ルーダオたちの一群も彼らの耳と心を
そばだてた——霧社全体が
号令に従って日本天皇に礼拝したその時、殺《シャー》の
声があがった。二百余名のタイアルの子弟が
雷のように運動会の競技場に突入し
雷のような憤怒が残酷な統治者を撃殺し
雷のような狂おしい血しぶきが小学校の運動場を洗った
雷鳴が轟き、そして冷たい雨が、落ちてきた……

巳　悲歌（慢板）

おれたちはここを死守する、険しい崖地のマヘボ砦
左前方は暗く、濃い森
右側は深い谷、険しい断崖
ときに夜ガラスの鳴き声が聞こえ、流れる水は悲しく泣いていた
同胞たちのあるものはこの地を避けて更に深い山に入ったが、おれたちは
ここに止まった、薄暗いマヘボ砦の洞穴に
モウナ・ルーダオは壁に向かって黙って座っていた、右手を負傷し
ぐるぐると歩きまわっているのは花岡一郎
彼は唇をかみしめ、何度も虚空を見つめた
洞窟の入り口には、気性の荒いワタン・ブッシャオが横たわっていた

話すものはいなかった、ただ同じ気持ちを
ひそかに伝えていた——おれたちはとにかくやった、とうとう
おれたちは抵抗した、起ちあがり抵抗することは
頭を垂れため息つくよりはずっと痛快だった。思い起こせば
運動会場の殺《シャー》の声は、タイアルも耳にすれば

頷いてほほえむだろう。だがその後
おれたちは攻めから守りに転じ、守りから退却に転じて、眉渓を
先に失い、それから獅子頭《シシガシラ》を挫かれ、更に人止関《ヒトドメノセキ》に却した
銃声は止まず、呻き声があふれ
おれたちは霧社へ引き返し、更に大砲にここに閉じ込められた

いずれにせよ、おれたちはみなタイアルに恥じない
おれたちはやるだけのことは尽くし、おのれの現世の幸福や希望
を捧げることで、作った
すべての子孫たちの尊厳とほんの少しの、自由を
おれたちの運命はこうだ、一群の落葉が
タイアルの土地に落ち、腐って
霧社の根に集まる。春は来る
その時新しく生まれた緑の芽がおれたちの養分を
吸うだろう……だがおれたちは、もう疲れた
願わくばおれたちに、休息を

しかしやつらは、夜を日に継いで洞穴を包囲した

おれたちは見た、洞窟の外には警察と軍隊
さらに数機の飛行機が、蜜蜂のように
轟音をあげ、旋回し、山と谷はすべて
大砲と機関銃の音、砂と石が塵芥のように舞い
おれたちは七日七晩抵抗したが、ふいに
沈黙がおとずれた、薄灰色の煙霧が立ちこめ
息はできず、鼻をつく臭気が満ちた
涙を浮かべ倒れる者血を森に流す者崖を跳び
自ら死す者、灰煙の白い霧、吸うともはや吐くことはかなわぬ、その空気
さあおれたちはいかねばならぬ、愛する霧社を
離れて、タイアルの目と両の手が待っている
死ぬ覚悟の抵抗を、勝ち目のない戦いを
マヘボ渓の水はもはや振りかえらず
流れねばならない、死んだ兄弟たちの
寂しい魂が泣いている、おれたちは
もういく、秋の木の葉のように
霧社の大地に落ちる、傷跡はあまりに深い
おれたちはいかねばならない、太陽を射た祖先が手を伸ばしている

一群の落ち、葉、おれたちはどうしても、いくしかない

己未。秋分。台北

一九八〇・一・一五　時報文学賞叙事詩優等賞
一九八〇・四・二三　『中国時報』「人間」副刊

訳注――慢板《まんばん》は中国音楽で、ゆったりしたリズムのことをいう。対語は快板《かいばん》。

Ⅲ　四季　1981–1986

顔と手を出さないように願います

顔と手を出さないように願います
窓の外に、窓の外は人の群れと
もっとたくさんの眼と心
彼らはあなたを待ちこがれています、まるで
乗客がバスを待つように、まるで
市場が海岸を、海岸でとってきた海鮮を
期待しているように。いけません
顔と手を、窓の外に出しては
窓の外は定期市、すべての眼が
あなたを待っています、窓の外の青空のように

あなたの心を隠して下さい
あなたの手をVのように挙げて、彼らに

あなたを待っているすべてのウンカに
慰めを与え、慰問する
あなたは案内人、彼らは道路をつくって
あなたが通るのを待っています、あなたはくれぐれも
顔を、手を窓の外に出してはいけません
あなたの眼は、もっと遠いところを見るように
あなたの手は、もっとしっかり舵を握るように
ウンカに覆われてはいけません、遠くまでいって下さい

一九八一・六・三　万華

セミの歌

双翼を高く掲げ、風を
翼の下から次々と巻きあげる
空は辿りつけない
静まりかえった彼方にある
眼下には大地の
沸き返る拍手、騒がしい罵倒を、
求め、尊敬を
求め、蔑視すら求めもする
きみが甲高く鳴くと
山河はすぐに静まりかえる

しかし姿だけでない
愛が、同時に光を放ち影を覆し

至上への道をたどっている
きみは光で世界を照らし
世界は光できみに応える
きみは影で周囲をおおい
周囲は影できみに伝える
そして翼は最後には休もうとする
空は果てまで、ただ眼下には
凹凸の大地と、その記憶

一九八一・一〇・五　万華

年の瀬の詩

一羽のタカが冷たい風の下で
空に向かって求める、広々とひろがる
領土を。空はただ微笑み
太陽の光を雲間から
放射させ、タカに告げる
描けるだけの輪が
おまえの土地だと
タカは力の限り翼を広げて、飛び続け
空のすべてをめぐろうとして
小さい雲の中に閉じ込められる

一本のゲッカビジンが暗闇の中で
時間と争っている、満足のいく

公演を。時間は黙ったまま
厳しい霜と露を夜のとばりから
そっと滴らせて、ゲッカビジンに告げる
耐えられるだけの寒さが
おまえの姿だと
ゲッカビジンは力の限り体を震わせ、歯を食いしばって抗うが
やはり時間の侵犯にはかなわず
霜と露の下で怒りながら花を開いている

一九八一・一二・二七　南松山

泥土と花――言語と詩の思考

花は風とうららかな日差しの中で満ちたり
生き生きと花を開き、なまめかしく
あでやかな顔で青い空を仰ぎ
足もとの泥土を蔑みながら、彼女の一貫して
強調する美学を繰り広げ
常温の気候の中で、曠野に向って
大きな声で宣言する――象徴とは
彼女の花びらと雌蕊のすべて
純粋とは、塵埃に染まらず
泥土を遠く離れて、天国に向かう階段

泥土は黙って、朴訥に花とその傲りを
載せて、何も語らず

夜の中を必死で水分を探し集め
花が昼間に浪費する準備をし
昼間は養分を集めるのにつとめ
絶えることなく体内に迫る根を
守り、花に吸わせる
純粋はなく、超越はなく
まだらで、混じり合っているが頑固な穏やかさだけはある

花が美しさをますと、泥土はいっそう頭を垂れる
花は美しさをひけらかしながらやがてやつれ
泥土は花を受止めながら日増しに肥える
風雨の荒れ狂う夜が襲うとき
花びらと雌蕊は茎を離れ
生と死の宿る泥土に落ち
また塵芥の中での生活を学ぶ
放埒と凋落の間で、花は死んでいるようで
実は生きている、そして恵みと施しの中で
泥土は今日も淡々と迎える

別の花の誕生と喧噪を

一九八二・一二・一　南松山

啓蟄

寒さは昨夜からゆっくりと退きはじめ
明け方には林に進駐した鳥たちの囀りが
木洩れ日と樹影を音階のように嚙みしめる
湿気を帯びた部屋の隅に、窓から射しこむ日光が
一面にひろがりだし、そっと
寒さに縮こまった農具を慰める。北風は
西に向かい、溢れるように
靄が立ちこめる。家屋は昂然と泥土のなかで
震え、蟄虫が門を開けて頭をだそうとしている
ヒオドシチョウをおいかけて、ぼくは畑の中に入っていく

去年と同じように、黙々と土にクワをふるう
汗と血が新しい土を育て

サギがそっと牛の背を踏み、畑の中を
ミミズが匍い、ぼくは種をまく
世々代々耕しつづける悲しみと喜びの中で
目を向ければ山も木も新緑が走る
昨夜は寒かった、だが疎水に水をひき
ぼくは耕す、この美しい土地のために
そして雷が空を破り、音を響かせて落ちるように
モモの花が音をたてて開くのを待つ

一九八五・三　台北

春分

めぐりめぐる太陽と月のように
ぼくは東、きみは西
それぞれ世界の半分を所有する
咲きはじめた花あるいは蕊のように
きみはモモ、ぼくはスモモ
それぞれ異なる絵を描く
遠く隔たった南と北のように
ぼくは山に登り、きみは海に入り
異なる音階を奏でるのに没頭し
春に背を向け、寂しさがぼくらに涙を流させる

たすけあって生きる木と葉のように
ぼくは根となり、きみは緑となり

ともに陽光と雨をあびる
連なり合った道と街のように
きみは縦、ぼくは横
互いに生命の図を提供する
踊るハチあるいはチョウのように
ぼくは左、きみは右
ともに空と土の命を吸って
春の風に向かい、ぼくらはぼくらの空を飛ぶ

一九八五・三　南松山

清明

昨夜の雨が今朝の路上に
いまも残り、ヤナギの枝が
河岸にかかっている。河の両端には
生と死が橋の上を行ったり来たり
昨夜の雨が、人の行き交う今朝の路上に
いまも残り、愛と憎しみが
橋の両端をすれちがい
ヤナギの枝は濁った河岸にかかり
薄い霧が、水面に頭を垂れ
悲しみと楽しみがぼんやりとしている

今朝の中に残っている、昨夜の雨
昨夜の死と生と喜びと悲しみは、いまも

路上にあり、行き交う人の列と風に揺れる
ヤナギ、薄い霧の中をぬけて河岸を行けば
草が露を吸っている
いまも今朝の路上に残る
昨夜の雨が、絶えることなく
行き交う人の髪にかかる
露の玉、垂れる草
雨か涙か見分けられない

一九八五・四　南松山

小暑

窓を開けると、そこには黒い雲
立ち並んだビルをひとつずつつかんでいく
眼下には碁盤のような街と道
ちっぽけな車が、ブレーキをかけたり
また走り出したり、先を急いでいる
もっと遠くでは、河が橋を咥え
もっと遠くでは、橋が山を裂き
もっと遠くでは、山が雲を担ぎ
もっと遠くでは、何も見えなくなって
静止する風だけが驟雨を準備している

窓を閉じると、背後も世界
書類がちらかり、仕事机をおさえつけ

椅子は畏縮して、二、三歩退いている
観葉植物が部屋の隅で
緑と黄の斑模様を描いている
もっと近くでは、書き捨てた原稿用紙がごみ箱につきまとい
もっと近くでは、ごみ箱が扇風機をお伴にし
もっと近くでは、扇風機は企画書をめくり
もっと近くでは、電話機がせっかちにはねあがり
唾の飛沫が受話器の片方にとんでくる

一九八六・四　南松山

大暑

熱が、冷たさの中からやってくる
　　　街が騒がしい
ぽつんとともる灯りの下で
　　愛情は粗末に葬られ
誓いの言葉の中に投げ捨てられ
　窓辺においた満天星《カスミソウ》が
　　　燦然とひろがる
あの年の夏のため息が
　　熱い息を吐く
悶々とした風の中に
　星が滑り落ちる
私の眼の前から

冷たさは熱の中に向かい
寒さのます夜の中で
思いは火のごとく燃えあがり
痛みが、心臓と肺に入りこみ
すべてはもう氷のように冷たく
満天の星は
呼びかける
あなたの名と影に
私の眼の前から
星が滑り落ちる
悶々とした風の中に
熱い息を吐く

あなたの名と影に　　あの年の夏のため息が
　　呼びかける　　燦然とひろがる
　満天の星は　　窓辺においた満天星《カスミソウ》が
すべてはもう氷のように冷たく　　誓いの言葉の中に投げ捨てられ
痛みが、心臓と肺に入りこみ　　愛情は粗末に葬られ
思いは火のごとく燃えあがり　　ぽつんとともる灯りの下で
　寒さのます夜の中で　　街が騒がしい
冷たさは熱の中に向かう　　熱が、冷たさの中からやってくる

一九八五・八　南松山

附注　この作品は現代詩「廻文体」の試みである。詩中の空白の「＋」字を座標にして、縦と横を交錯させている。読む時、句を単位にして、順に読むことも逆に読むこともできるし、右から左へも左から右へも読めるし、上から下へも下から上へも読める……一定の規則に従ってさえいれば、読み方は随時変えられる。句と句の組合せによって、詩中の思いの流れも決まる。この詩を書いた意図は、時空の限界を突破しようという試みであって、句の組み合わせや配列は、二の次になっている。

立秋

愛情はカエデの葉のように
ゆっくりと色褪せる。親愛なる
理想もおそらくそうだ
平原を走る列車のように
闇夜の中をひとつづきになって遁走する
遁走するものよ、その音はガタンゴトン
色褪せるものよ、もう救うのは難しい
親愛なるものよ、心配することはない
色褪せるのは青
やがて紅くなる

心残りな歳月が緑の葉のように
水に落ちて漂っていく。親愛なるものよ

生命は時にはこうもなる
崖を転がる石のように
風雨の前にひとつずつ落ちていく
落ちていくものよ、その音はカランコロン
漂っていくものよ、捕らえるすべがない
親愛なるものよ、悲しむことはない
暑い夏を漂いすぎれば
涼しい秋にかわる

一九八五・九　東京

白露

一滴の露がキラキラとひかり
朝日ののぼる前のビルの足場の鋼の柱の上を
すべりおちようとしている、蒼くなる空を
斜めに踏みつけ街を望むビルが
刃のように切断した壁から
セメントが剝がれ落ちている、現場では
夜を徹した人たちが居眠りをし
掘削機のキャタピラーの前で
街はまだ目覚めず
あくびが、夏を秋にかえていく

子供が一人、後から前に
足場の後の公園で

秋と一緒にブランコを揺すっている
前を仰ぎ後ろに俯き目を開き目を閉じて
地球もいっしょに酔っている
ビルがビルに続き
もうすぐ傾く日を載せて
露が玉となり、つらなって広がり
都市も子供といっしょに
露の滴のように空の果てで揺れている

一九八五・一〇　アイオワ

霜降

霜が、北から、一路南に向かい
黒光りするレールに沿って、幻影が
都市と、寒村と僻地を漂い
踏切をいったりきたり
もどってきてバス停の小さな店の看板に寄り添っている
夜行バスのライトに照らされて
肉入りちまき《ショバーツァン》のがなり声と
ラジオから流れるポーポワバンの
八〇年代末の台湾が
四〇年代初期の響きを歌っている

郷愁も普通はこんなふう、北に向かい
カラオケの前でわめきたて

酩酊した酒瓶が、テーブルの下に散らばり
白い泡が沸いて、霜のようにテーブルに降る
文化は東洋が西洋にかわり
古跡は倒された城壁になり
民俗は花飾りのバスに跳びのり――観光とは
女の子の太ももを人々がそろって見にくることになり
中産階級は世界と未来を好き勝手に論じている
霜が降りる、彼ら国を愁い民を愁うものたちの髪に

一九八五・一一　アイオワ

訳注――ショバーツァンもポーポワバンも台湾語の歌曲。

立冬

寒風とともに山に入る、桟道と朽ちた橋
青コケの嚙む地表をすすむ
霧が別の山の背後から迫り
あっというまに覆っていく、小さな流れを踏む
水の音が、冬を呼び覚まし
またすぐに消えていく。残った
何本かのマツが、かたくなに守っている
季節の風に動じない緑と
そして陽光が、台湾スギを叩く
キツツキが夜明けを叩くように

キツツキが夜明けを叩くのと、同じように
陽光が中央山脈の背を叩き

左右に目を向け、南から北を望み
百余山の頂に先を競って射しこむ
海抜三千メートルを越える高い空の
危険！　北風すら懼れる
　断崖の向こうは大海原
　砂浜の前にひろがる海峡
　冬、雲の中で縮こまる
思わず叫ぶ、イラ・フォルモサと

一九八五・一一　アイオワ

附注　イラ・フォルモサはポルトガル語、「ああ！　美麗島」を意味する。一五四五年（明・嘉靖廿四年）、ポルトガル人はマカオから日本へ赴く途中、台湾を遙かに望み、峰々が途切れることなく続き美しい様に、思わず「イラ・フォルモサ」と叫んだ。以来、西欧では広く、台湾をフォルモサと呼んでいる。

小雪

小さな雪が紅葉の後を追い
アイオワの初冬の山に降る
まるで落葉のように、絶えることなく舞い
ぼくが仮住まいするビルの窓の前に
ふと足を休める
そっと巡る風の中で、自分でも
居場所を決められず
白い息を吐く、灰色にかすむ
空——そして空のもう片方を見つめている
太平洋の向こう端の国を

思いは時に小雪。時に
更に落葉のように、溶けもせず化しもせず

ゆっくりと朽ちていく
この異国の朝の細雪
昨夜の悪夢のような
夢の中で、すでに死んだ父も
ぼくと窓の前に立ち
漂っては消える雪片を指して
言う、雪は冷たすぎる、私たちは帰ろう
故郷の落葉に敷き詰められた土地へ

一九八五・一一　アイオワ

大雪

一本の木が雪の中で
泣いている。部屋が
雪の中で彷徨っている。
窓が雪の中ではためいて
いる。一脚の椅子が
雪の中で行き場がない。一畝の
田野が雪の中で流れていく。
一本の河が雪の中で
消えていく。一人の人間が
雪の中で、血を流す。

雪が一本の木の傍で
泣いている。雪が

部屋の前で彷徨っている。雪が
窓の前ではためいて
いる。雪が一脚の椅子の
下で行き場がない。雪が一畝の
田野の中を流れていく。
雪が一本の河の中に
消えていく。雪が一人
の人間の心に血を流す。

一九八五・一一　カンザス

小寒

小鳥が大空に救いを求めている
小鳥が大地に救いを求めている
大空はおおらかに
厚い黒雲を浮かべて歓迎する
大地は気前よく
銀色にひかる氷と雪を敷いて守る
小鳥の羽は縮こまっている
小鳥の体は震えている
タスケテ、タスケテ
天と地は笑みを浮かべ囀りを聞いている

小鳥は大空を救おうとしている
小鳥は大地を救おうとしている

大空は口を開かず
網を出して捕らえようとする
大地は遮ることなく
檻をつくって捕らえようとする
小鳥は大空を告発し
小鳥は大地を告発し
翼をなくして雪片に換える
雪は飄々と舞い、小鳥を埋葬する

一九八五・一二　ロサンゼルス

大寒

その時、彼らはみな眠ろうとしているはずだ
枕元の明かりはゆっくりと消した
カーテンも静かに閉じた
大通りは街路樹の沈黙の中で沈黙し
橋脚は橋梁の隠蔽の中で隠蔽される
その時彼らは、みな眠っているはずだ
島は海洋の褥の中で曲がり
大陸は砂漠の枕辺で身をはだけ
アジアはアメリカと押し合って暖を取り
南極と北極は互いに色目をつかっている

その時彼らは、夢を見ているはずだ
地球はせっかちに軌道から離れ

星雲はいそいで大気層から現れ
粒子は反目しつづけ
物質は親密になりはじめる
その時、彼らは、すべてもう、熟睡しているはずだ
捨てられたぼくは夜空を仰ぎ
巨大な蛇のようにくねる星の海
彼らが夢みる太陽系はもう探し出せない
彼らが眠る地球はもう探し出せない

一九八六・二　南松山

Ⅳ 乱 1989-2007

□□発見

□□は発見される
一九二〇年に出版された
何枚もの黄ばんで干涸らびた新聞に

歴史の翻弄する口元で
□□の仕事はもう消滅し
キツツキも何もつつけない
□□の中は
空っぽの　穴

彼女のゆれるスカートの辺縁で
□□は満たされるのを静かに待っている
怒濤の波が左右を窺う

□□　□□
純粋で　利発

限られた四角の枠内の
空っぽの　□□
□□　ポルトガルの水夫は彼女をFormosaと呼んだ
□□　オランダは彼女にZeelandiaの名を与えた
□□　鄭成功は明の平安とした
□□　大清は府を設けて福建に従属させた
□□　棄民はここに民主国をたてた
□□　日本は大和の魂を植え付けた
□□　今聞くところでは中国の裂くことのできない肉

無数の記号の中の
純粋で　利発な　□□
どれもが□□で
どれもが□□でない

まるで紅檜《ベニヒノキ》のような、濃い霧の中の
根株の見つけられない土地
様々な鳥が競って翼を翻し
様々な獣が競って印を付けた
□□を発見することが趣味のひとつとなり
□□を探すことが暇つぶしの遊戯になった

□□は複製された
一九九一年冬に印刷され
一部が燃やされた
選挙公報のなかで
□□は発見された
□□の包囲する□□の中で
空っぽの□□の中で

□□は□□を名としては
ついに□□さえみつからない

一九九二・三・一　南松山

乱

静かな夜の中で目が覚める
目が覚めた夜は騒がしい

墨藍色の空は謎めいた赤を隠し
浅緑のカーテンは虚空の白を翻す
時計の振り子も脅されたかのように
すべての針が逆方向に逃げようとしている

沈黙の夜、沈黙の傲り
真っ黒な護送車が、裏切り者を満載して揺れながら進む
群衆が白い目をむき、魚が腹を見せるように横たわる
血の雨が銃弾の耕す田に降り注ぐ
朽ちた壁はいまも震え、灰色の瓦の下で

子供たちは砂山に身を隠して太陽を探し
鶏が、縄張りを争っている
夢の中で遺棄された小さな村は、居眠りをむさぼっている

静かな夜の中から目覚める
目覚めた夜は夢の中の夢を思いだす
はっきりとはわからない　プノンペンの郊外なのか
ボスニアの辺区か北アイルランドのマグヘラフェルトか
はっきりとはわからない　チベット山岳地帯かイラクの南部か
あるいはエリトリアの農村かヨハネスブルクの郊外か
いくつかの国家は目覚めいくつかの国家は眠りいくつかの国家は
目覚めず眠らず半覚半睡のなかで両目を充血させる
息をひそめた夜の中で狂い乱れ
狂い乱れる夜の中で息をひそめ
髪も目も鼻も耳も舌も首も胸も腹も腰も胃も手も腕も腿も足も指も
すべてがひとかたまりとなって砲火のなかを走っていく

今夜も別の顔をした沈黙がある

バンコクでニューヨークでパリでモスクワで上海で台北で
エイズが血を通して混交し繁殖する愛の共同体
阿片とマリファナが人類の皮膚のうえに植わっていて
男と女の乾いた唇を狂おしく舐めている
飢餓が貧しい村の子供の骨をむしばみ
原子力発電所が獰猛な笑みを浮かべ、溢れでるのを待っている
オゾン層の苦い傷口が、退屈げに、並んでいる
静かな夜の中で目が覚める
世界も五大陸の境も国の界も人の界も全てはすでに消滅し
ただ皮膚と皮膚の競い合う色だけが残っている

静かな夜の中で目が覚めた夜は騒がしい
覚めたのは夢、夢死も酔生も、そして酔後もやはり目覚めねばならない
平和の夢、夢の戦争、戦争と夢と平和は
積み木同様に、気ままに積み重なり
乱もまた、乱雑に積み重なり
積み木同様に従順で無口なぼくたちは
政治家や軍人のゲームの中で

集合させられ解散させられ拾われ遺棄され打たれ命令され
通し番号をつけられ籍に入れられ色を塗られ分類され並べられ区切られ
夜のある区切りの中で
乱のある経緯の上で
ぼくたち自身にすらはっきりとは分からない夢の中で
ぼくたちは夢で夜明けを見ることができると堅く信じている

目が覚める、静かな夢の中から
この世界は乱で論理を構築し
愛と憎悪の対立する闘いによって暖を取り
夢の狂乱の中で
ぼくたちは熟睡しているから、夜明けを迎えることができず
振り子となって
並べられるところに並べられ
静かな夜の中で
動いたり
動かなかったり

一九九三・五・二六　台北

龍のテキストとその四種の変体

○　龍

麟　角　髭
雷から　雲から　雨から
天にのぼり　海におり　地を這う
連綿と　伝わり
永遠に　止まず

伝説　ありて
伝える人　なし

幸い　それは
絶滅に瀕する動物ではない

複製でき模倣でき気ままに使用でき
三〇一条約も恐れない

一　聾

歯痛のために
診察を求めるぼくは
医師の前で
言葉を口に出せない

話が多すぎるのだ
医師の暗示する
言葉が少なければ
痛みも柔らぐ

ぼくは急いで家に帰り
門を閉め鍵をかける

歯の痛みははたしてひいて
耳なりもおさまった
世界は　しんと静まり
太平で　声もない

二　籠

思想を曲げず
刑を　受ける
天意を侵さず
法律を　侵す
あなたの身体の自由は
絶対の保護を受け
拡がる空を

独りじめさせる
気のむくままに
やりたいことを
やればいい

三　抱擁

ぼくの手は
きみがひいてくれるのを待っている
ぼくの肩は
きみが顔を寄せるのを待っている
ぼくの目は
きみが見つめるのを待っている
ぼくのすべてを
ぜんぶ《ロンゾン》

きみにあげる

ぼくの空虚さえ
いっしょに
きみに持っていかせ
きみにまかせる

四　畦

ぼくは一生の
青春と　喜びと哀しみ栄光と屈辱を
すべて土地に捧げる

黒い髪から　朝も思い
白い髪まで　夜も思う

普天

の下
わが土に
あらざるものはない
人ありて　家あり
人ありて　国あり

一九九三・八・一〇　台北
一九九三・八・二三　『中国時報』「人間」副刊

日のテキスト及びその上下左右

○日

将棋盤の上で
ぼくたちはそれぞれ一隅をしめ
それぞれ一定の
領土を擁している
きみは将　ぼくは帥
降参せぬ者はない

ぼくはぼくの車を走らせ
きみはきみの砲を放つ
それぞれが兵卒と土地を持ち
楚河と漢界を越えるのを

どちらも許さない

おしてくる　ひいていく
共有する防御線の上で
きみはぼくの城壁を掘り
ぼくはきみの鉄壁を撃つ

日々はこうして流れ
歳月はこうして消える
きみはおし
ぼくはひく
明日になれば
勝者は誰かわかる

一　旭

十の太陽と隣り合っても

十の冬の夜はなお寒い

きみの照らした天下の過去を
ぼくに誇示する必要はない
きみの栄光に満ちた足もとにひれ伏すのは
枯れた草木と鳥獣の悲鳴だ

きみは絢爛たる光芒をもち
誇張に満ちた足跡ももっている
きみの光は白骨の涙を照らしだし
きみの影は生きる者の悲しみを覆う

ぼくはそんな光明は要らない
ぼくはそんな華麗は要らない
ぼくは寒夜の中で震えているほうがいい
ぼくは長雨の中で呼吸しているほうがいい

十の太陽の光より

ぼくは一つの月のほうがいい

二　暗

若い魏京生が
書斎に座っている
とても暗い
この燦然として声なき大地

若い魏京生が
原稿用紙に向かっている
とても暗い
この整然として声なき手本

壮年の魏京生が
法廷に立っている
とても暗い

この蕭然として声なき被告人席

壮年の魏京生が
牢獄に繋がれている
とても暗い
この寂然として声なき中国

多くの魏京生が
異国の雪の地に流散している
とても暗い
この喧然として声なき世界

三　朝

ぼくたちは昼間の法律に背いて
闇夜の中で灯りをともし
太陽の下で捕らわれる

灯を消すのを忘れ
昼間の美しさを損ねた
それがぼくたちの罪名だ

ぼくたちは命令によって服を着　髪を整え顔を洗い
食事をし　行進する　まるで儀式のように
しかも懺悔する
絶対に二度と
闇夜を照らして
正邪を誤らせないと

ぼくたちは昼間に捕らわれる
ぼくたちが夜つけた明かりが真相を暴露した罪で
ぼくたちは昼間の中に閉じ込められる
ぼくたちが闇夜の中で灯りをともし続けるのを防ぐために

幸い夢は

まだ夜の
人々の心の中にあり
灯りのように
点って
永遠に消えない

四　昏

終戦のときがきた
偉大なる昼間よ
山を下りよ

ぼくたちはきみの
五十年の抑圧に耐え
きみの灼熱の支配の下で
黒髪は焼かれて白髪になった

ぼくたちはきみを十分に見た
眉をつり上げ目を怒らす面構え
きみという強い太陽のもとでは
暖かい暖炉を囲む望みを探せない

偉大な昼間よ
山を下りよ
光復について話したければ
明日にしよう

一九九五・一一・二六　南松山

大通りで無くす

大通りで無くした思念が
幽霊のように、前世の
じめじめした狭い路地を探し出せないでいる
明日がまだあるなら、もう二度と
二度と彼を思うまい

大通りで無くした思念が
明日を探し出せないので
やむなく彼の名前を
黒光りする道路にして
容赦なく蹴っている

一九九六・一・二七

想い

アリの一匹一匹のように
一行一行唇を噛みしめて彼らの歩いた床板を噛む
のに似た、ぼくの胸のなかに深く深く埋められた
想い。一行一行、唇を噛みしめて
ぼくの心を
噛み砕く

そうすればきみは
いつか考えるようになる
ぼくが少しも
きみのことなど想ってはいないと

神よ

一九九八・五・二五　暖暖

暗黒が落ちてくる

暗黒が落ちてくる
台湾の心臓地帯に
暗黒が落ちてくる
ぼくたちの憂える心に
暗黒が落ちてくる
瓦や塀が拠り所を探し出せない場所に
暗黒が落ちてくる
ぼくの同胞が落ちて引き裂かれた生死の崖に

チョウが舞い花の香りが漂う村里に
暗黒が落ちてくる
小鳥が囀り南からの風の吹く谷間に
暗黒が落ちてくる

暖かな灯りに、夜の団欒に
暗黒が落ちてくる
やすらかな夢の中に、気持ちのよいベッドに
暗黒が落ちてくる

暗黒は、許可なしに、ずっしりと落ちてくる
平野を引き裂き、丘を引き裂き、ぼくたちの互いに繋ぎあう道を引き裂いて
ぼくたちの、永遠に分かれないと許し合った愛を引き裂いて
暗黒は、何の知らせもなく、押しつぶすように落ちてくる
家を押しつぶし、壁を押しつぶし、ぼくたちが一心に守る家を押しつぶし
ぼくたちの、美しい未来を願う目を押しつぶし
暗黒は、瓦をこなごなにするように、落ちてくる
暗黒は、石畳をひきはがすように、落ちてくる

暗黒が、落ちて、くる
ぼくの心は揺れ、世紀末の悲劇がはやく過ぎさるよう祈る
暗黒が、落ちて、くる
ぼくの心は沈み、美麗島の裂傷がはやく癒えるよう願う

暗黒が落ちてくる
ぼくの心は憂え、冤罪で死んだ魂が永遠の居場所を得るよう望む
暗黒が落ちてくる
ぼくの心は悶え、幸いにも生き残った者たちが力強く生きていくよう祈る

一九九九・九・二二　南松山
一九九九・九・二三　『自由時報』副刊

戦いの歌

昼間に歌うのは誰か
激昂する戦いの歌を
砲声が聳えるビルを振るわせ
紺碧の空から轟音をたてて落下し
炸裂し、煌めき火を放つ
脈打つ胸に血のバラを咲かせ
見開いた目に乾いた涙を燃やす
黒煙と、陰惨と灰濁
美しい空の果てから、憎悪の雪崩が
全力で街を洗い流す

砲火が遠くで生命の無情を嘲笑っている
弾丸の雨が屋根の上で鎮魂の楽章を奏でている

銃が、兵士の猛々しい肩に担がれ
血が、農民の荒れ果てた土を耕し
貧しい国家はカノン砲の歓びの歌を響かせ
飢えた流浪の民は砂塵の饗宴で腹を満たしている
永遠の絶望という希望からくる喜び
廃墟の前で低い声で歌う人がいる
戦争はどのみち死亡で終わるから
平和も結局は必ず夜色に覆われてしまう

二〇〇一・一一・一〇　南松山
二〇〇一・一二・一六　『自由時報』副刊「戦争と平和」特集

恐怖に占領された砦

一

ある日ぼくたちは恐怖に占領された砦を思い出す
驚愕と恐怖におののく目と迷路を彷徨う口と
更に低く更に抑えた咳がすぐさまけたたましく騒ぎだし
耳式体温計と額式体温計の赤外線がぼくたちの皮膚に
ぼくたちの恐怖で制御された砦に隠れた魑魅魍魎を掃きだし
黄色の警戒線は熟知したものと見知らぬものの容貌を敢然と分離し
風の中の揺れる蓮雨の中のしおれる花蕊海上の大波のように
ぼくたちは風雨の襲撃と侵略を遮る可能性のあるすべてのものを探しだし
皮膚に感じる隣人の体温と援けを待つ隣人の泣き声とに連れ添い
恐怖で統治される砦でぼくたちは孤独と一緒に死ぬ

二

ぼくたちは孤独と一緒に恐怖で統治される砦で死に
名もない奇病名もない死別と不測の消耗を恐れ
水不足雨不足が干ばつをもたらすのを恐れ台風が洪水をもたらすのを恐れ
核廃棄物を恐れ地震を恐れ朝目覚めると天地が変動しているのを恐れ
すべてが虚無と化すのを恐れ恐怖の中でぼくたちが体温と心拍数を計り
生老病死の愁いに満ちた様々な煩悶様々な苦悶を測りきれず
悲嘆離合に囲まれた様々な無情様々な焦燥を量りきれず
ぼくたちは恐怖に制御された砦で孤独に寄り添われて焼かれながら
親しい友の微笑みを待ち連れ合いの抱擁を待ち望み
ある日ぼくたちはこの恐怖に占領された砦を思い出す

二〇〇三・六・三　南松山
二〇〇三・六・四　『自由時報』副刊

ゴールデンシャワーツリー

ブドウのぎっしりとつまった
　ひとつづきのつややかさが
四月のすがすがしさを見送り
五月のなまめかしさを出迎える
それはゴールデンシャワーツリーが喜びの歌を歌う季節

金色の陽光が
雨のようにこの露店街に降り注ぎ
都市の大通りを清らかに洗い
道行く人の目を奪う
それは高雄の最もかがやく夏

二〇〇六・五・一五

黒いコウモリへの哀歌

一九五〇年、朝鮮戦争が勃発し、中華人民共和国が参戦した。アメリカは台湾の戦略的重要性を意識し、第七艦隊を台湾防御に派遣し、あわせて台湾海峡の中立化を宣言して、中国の台湾攻撃と蔣介石の大陸反攻の妄想を阻止した。一九五三年、朝鮮戦争が終結し、東西冷戦が始まると、アメリカの要求のもとで、国民党政府は三四中隊、三五中隊を創設し、一九六七年まで、アメリカに替わって中国の軍事情報を偵察した。

その中で、三四中隊は任務実行のためいつも夜間に行動し、偵察機は全て黒く塗られ、「黒蝙蝠中隊」と称された。この隊はあわせて八三八回飛び立ち、十機が撃墜されたり不測の事態で墜落した。殉職者は一四八人にのぼり、全隊員の三分の二を占める。そのうち十四体の機員の遺体のみが、一九九二年になってやっと係累たちに探し出され、台湾に合葬されたが、その他の遺骨は中国の荒れ山に残された。この詩は「黒蝙蝠」と、国民党来台後の反共の年代の中で殉死した全将兵ために書いた。

果てしない夜の中をぼくらは飛ぶ
寒々とした夜の中でぼくらは傷つく
黒い空は黒い軀と黒い羽にふさわしい
それに黒いサングラスをかければ
ぼくらの瞳の中の悲愴をかくせる
日と夜が入れ替わる黄昏をおいかけて　ぼくらは飛ぶ

生と死が招き合う境界を　ぼくらは飛ぶ
運命の占えない彼方に向かって飛ぶ
太陽の落ちた空の果てに夕焼けの光が真っ赤に燃えている
月が昇るあたりにぼくらの夢みる故郷がある
ぼくらは飛ぶ　海峡の黒い波濤をこえて
ぼくらは飛ぶ　赤い中国の心臓めざして

ぼくらは黒いコウモリだ
北斗七星の柄杓の下を舞うのには慣れている
ぼくらは黒いコウモリだ
命令のもとレーダーと戦闘機の待つ敵地に向かう

翼が折れるのは当前の日常だ
尾が切れるのは殉国の栄光だ

沈黙の夜の中をぼくらは死に物狂いで飛ぶ
騒乱の火の中をぼくらは命がけで帰航する
あらゆる計器は大きく左右に振れ
すべての音がけたたましくひびく
この沈黙の夜は　沈黙する妻と子と哀しみで埋まっている
この騒乱の火は　騒乱の敵意と狂おしい傲りを放っている

ぼくらに退路はない　羽のほかに
ぼくらに選択はない　夜のほかに
コウモリのようにぼくらは白い光のきらめく空へ向かう
コウモリのようにぼくらは黄土の暗くしずむ山へ向かう
ぼくらは選べる　燦めきかかがやく殉難の後の死を
ぼくらは選べる　愛する妻の哀しみの下での葬儀を
果てしない夜の中を　ぼくらは飛びつづける

寒々とした夜の中で　ぼくらは傷つきつづける
黒い縁取りの歴史は黒い縁取りの骨と黒い縁取りの額縁がふさわしい
それに黒い縁取りの望郷をつければ
ぼくらの魂の帰郷を記念できる
日と夜の錯乱する夜明けの前を　ぼくらはまだ　飛んでいる

二〇〇七・五・二五　南松山
二〇〇七・六・五　『中国時報』「人間」副刊
二〇〇七・六・五　清華大学サロン「新竹の黒いコウモリ――勇敢な人たちに」朗読会

土地と人を書く――私の詩歴

向陽

私の詩を日本語に翻訳する作業をめぐる訳者の三木直大氏とのやり取りのなかで、ある日、私を考え込ませる一通の書信が届いた。そこには、私の作品を読むと、たえず「詩と政治」という問題に直面させられる。私の詩には、台湾の現実政治への批判が意図されていることが多く、政治との関連性が非常に高い。そうした政治性をうまく訳出できるかどうか心配だ。そこで私に、私の詩と政治との関係を語る文章を書いてほしい。それを翻訳して、詩集に収録し、日本の読者の参考にしたいとあった。

訳者の手紙は、私を一瞬、混乱させた。私は十三歳のときに、中国の詩人・屈原の「離騒」に触れ、それを暗唱し、書き写し、詩を自分の一生の仕事にしようと創作の路に踏み出して以来、もうすぐ四十年になろうとしている。四十年間、詩を読み、詩を書いてきて、私の詩は政治とそんなにも間近にあったろうか。翻訳詩集に収録される私の作品は、「十行」、「霧社」、「四季」、「乱」の四つの部分に大別される。未収録の台湾語詩を別にすると、ほとんどの作品が私の詩人としての生涯の重要な代表作である。訳者は、一人の翻訳者として、私の作品を読み、そして私の詩が政治性を持っていると考えた、ならそれは「知己の言」というべきものだ。だとするなら、私の詩はどうして、長い詩作の期間を通じて、政治との密接な関係性を持ち得ることになってしまったのだろうか。この問題に答えようとして、私はどこから語りはじめればよいのか、ほんとうに一瞬わからなくなってしまったのである。

十三歳で詩の創作を志したとはいえ、数多くの作品を本格的に発表しはじめたのは、一九七四年、十九歳のときからである。当時、私は台北の陽明山にある中国文化学院の日本語科で学んでいた。少年期に「離騒」を暗唱し書き写したりしたときの思いをもとにして、「十行詩」と「台湾語詩」の創作を始めた。屈原の楚国の政治への憂いは、当時の詩作にはまだ表現されていない。しかし、屈原の楚国の言葉で創作する方法は、私の模範になった。当時の台湾は、戒厳令統治下にあり、台湾語はまだタブーだった。私の台湾語で詩を書くという選択は、詩の言語の上のことにすぎなかったが、それだけでも政府の「国語政策」に抵触していた。十行詩の発表は、一般的な刊行物でおこなって、かなりうまくいった。台湾語詩のほうは、掲載しようとする新聞はなかったが、幸運なことに最後に台湾作家の刊行していた『笠』詩刊と『台湾文芸』に発表できた。こうしたことだけでも、私の詩と政治との切り離せない関係性の宿命のようなものがうかがえる。台湾語での創作は、当時は林宗源と私の二人だけだった。言語の選択の背後には、植民地主義へのレジスタンス（decoloni-al）の意図があり、私は台湾本土言語を使用した創作を、一九七七年の台湾郷土文学論戦以前から展開していた。私が詩の創作において模索したのは、台湾の声だった。形式と内容を選択するにあたって、私は自分の発する声と言語と自分の踏んでいる土地から始めようと考えた。一本の樹木のようにして、私の詩が泥土に根をおろし、人々の声を伝えることができればと考えた。

一九七九年九月、私は台湾の植民地史を史詩にしようと考えた。それが「霧社」であり、私の台湾史詩シリーズの創作の試みの開始だった。「霧社」は、日本統治期台湾の霧社事件をテーマにしたものだ。一九三〇年の霧社事件は、日本の台湾植民地統治の創痕である。私は歴史書や参考文献を調べ、この長篇詩を書いた。また、その頃『中国時報』が主催していた「時報文学賞叙事詩賞」に応募した。そして、詩人の鄭愁予に芸術性に「抜きんでた作品だ」と評価され、最優秀賞を獲得した。ところが、思いがけないことに、この年の十二月十日、「美麗島事件」が起こった。政治的な配慮から、この作品は反体制的な詩だとして、翌年の五月まで掲載が見送られた。「霧社」執筆時には、美麗島事件が起こるなどとは考えもしなかった。だが、当時の台湾の統治者にすれば、霧社事件を借りて、台湾の人々の強権政治批判を書いているのだということになり、当局のタブーに抵触することになるのは目に見えていた。「霧社」という詩は、詩人には高度の芸術性を備えた作品とされても、現実政治のなかでは高度な政治性を持った作品となってしまう。詩と政治との密接な関係性は、私の詩の発表開始時期から、かくも鮮明なものだった。

　こうした出発は、戒厳令下の台湾では、自分の母語で詩を書いたり、少数者の原住民のために詩を書くことすら、政治的干渉を免れがたいのだということを、私に意識させた。ジョージ・オウエルの『一九八四』に、「偉大な兄弟《ビッグ・ブラザー》があなたを見守っている」[1]という有名な言葉がある。戒厳令解除以前の台湾政治は、まさにそのようなものであった。詩についての私の考えはきわめてシンプルである。つまり、詩は台湾の土地と人を書くものだということ、そして表現の芸術性においては、可能な限り、彫琢を求めるものだということである。

しかし、言論においても思想においても不自由な当時の台湾にあっては、「台湾」こそが最大のタブーだった。

　一九八一年七月、私は「党外新聞」と目されていた『自立晩報』で仕事をするようになり、副刊の編集長になった。『自立晩報』は、台湾政治界に影響力を持ち、台湾本土社会に呼びかける力も備えていた。『自立晩報』は、一貫して台湾の民主化・自由化の追求を社是とする、台湾色の強い政治紙だった。この新聞社で、私は副刊の編集長として、戒厳令下の台湾文学が政治の規制を受け、台湾作家が自由に物が言えないできたことを、現実に経験するようになった。このことは、私の創作にも当然影響を与えることになった。一九八八年に報道規制が解除され、私は巡り合わせで、『自立晩報』の総編集長を担当することになった。また前後して、『自立早報』、『自立周報』（海外版）の総編集長と主筆になった。そうして、長年、新聞社のために社説やコラムや政治評論を書くことになり、台湾民主化と文化再建運動に身を投じることになった。私の詩は、この段階から、さらに台湾の現実政治の発展と切り離せないものになっていった。

一九八〇年代の台湾は、政局の変化が激しい社会だった。国民党の一党独裁から民進党の成立、戒厳令の解除、そして社会の多様化、台湾の社会と人々は国民党の様々なタブーを打ち破ろうとした。私の詩も、私の社会的位置の変化とともに、強権政治下の台湾と向かい合い、台湾の声を書こうとするものになった。二二八事件や、海外に亡命した「ブラックリスト」の人々、一九九〇年三月の「野の百合」学生運動、外交上の苦境、国家意識の問題……など、すべてを題材としていった。そうした作品も、多くこの翻訳詩集『乱』に収録されている。私の一九八〇年以降の作品には、現在から見ると確かに、屈原の「離騒」の憂憤や唐代の杜甫の「時に感じては花にも涙を濺ぐ」の類の風諭詩の趣がある。三十五歳から今日まで、私は私の詩によって、変化の時代の台湾を記録し、この土地と人々の転変を書こうと努めてきた。この政治の変化の充満する年代にあって、詩というホタル火のような微かな明り、セミの声のようなもどかしい叫びを、私は表現の手段としたのである。詩とは、私にとって明りであり、叫びだったのだ。

二〇〇五年、私は詩集『乱』を出版し、一九八七年の戒厳令解除から二〇〇三年までの十六年間の作品を収録した。屈原の「離騒」から取った「乱」を詩集名としたのは、私の台湾の政治と社会の乱れへの観察と憂慮を隠喩したのである。私は混乱の時代のなかで、私を生んだ台湾と対話してきた。政治は私の詩のなかに一貫して存在していて、私の詩は政治の問題から逃避することができないように思う。そう考えるなら、訳者がどうして私の作品に「詩の政治性」を見いだすかも理解できる。

しかしまた、詩を書くとき、私は詩の言語、形式と内容との調和をかなり重んじている。時代背景から切り離しても、様々な読者に受容され愛読されること、人類に共通する運命やイメージを取り込み、詩の芸術性のなかに表現できることを、私は自分の作品に希望している。屈原の「離騒」を、少年時代の私が暗唱し書き写したのは、決して政治性だけのためではない。二〇〇七年、詩集『乱』は、芸術表現によって、その年の台湾文学賞「新詩金典賞」の唯一の受賞詩集になった。それは、この詩集が政治性だけでなく、現在の台湾現代詩の美学的要求と一致したからでもある。

こうも言えるかもしれない、私は政治のために詩を書いているのではなく、自分のために詩を書いている、私が生まれ成長したのは植民地支配と強権統治の環境のなかであり、それが私に詩の創作を植民地政治への抵抗の炬火にさせたのだと。私は土地と人を見つめ、私自身も強権政治の中に身を置き、私の詩は人間の自由と尊厳、土地への愛と永遠を、我が課題とせざるをえなくなったのである。

一九七一年にノーベル文学賞を受賞したチリの詩人・ネルーダは、激しい政治性を帯びた彼の詩について、「私の道はすべての人の道につながる」ゆえにと書いたことがある。

最初の銃弾がスペインのギターを撃ったとき、流れでたのは音楽ではなく、熱い血だった……。そのときから、私の道はすべての人たちの道といっしょになった。私は突然目にした、私が孤独な南方から北に向かうのを。私は私の控えめな詩を人民の剣とハンカチにして、彼らの悲痛な汗を拭い、パンに取り替えられる武器を、彼らに手に入れさせたいのだ。(2)

私の詩と、詩に現われた政治性を振り返るとき、これがおそらくふさわしい回答にもなるのではないか。私が書くのは、政治のためではなく、台湾の土地と人のためである。私が書くのは、私と私の同胞が共有する感覚と痛みのためにである。

二〇〇八年十二月十二日　台北

（三木直大訳）

訳注（1）引用箇所は、新庄哲夫訳（ハヤカワ文庫

版）より。

訳注（2）P・ネルーダのこの言葉は、回想録のなかに登場する。引用箇所は、本川誠二訳『ネルーダ回想録――わが生涯の告白』（三笠書房、一九七六）では、一六五頁。台湾では、陳黎・張芬齢訳『聶魯達詩精選集』（桂冠、一九九八）の「あとがき」である「地上的戀歌――聶魯達評介」に、この箇所が引用されている。ここでは、向陽の引用を本川訳を参照しながら、中国語から重訳した。以下に、本川訳を示す。「最初の弾丸がスペインのギターを貫通し、これらのギターから音のかわりに血のしぶきがほとばしったとき（中略）そのときから、私の道はすべての人の道につながる。そして、突如として私は見る。孤独の南から人民である北へ向かって私が行ったのを。この人民のために、私のささやかな詩は剣となり手拭いとなって役立とうとする。彼らの大きな苦しみの汗をぬぐうために、パンの戦いで彼らの武器となるために」。本川訳で「人民」の箇所は、中国語訳では「老百姓」になっている。

向陽年譜

一九五五年
台湾南投県鹿谷郷広興村に生まれる。本名は林淇瀁。

一九六一年 **6歳**
広興国民学校に入学。

一九六七年 **12歳**
県立鹿谷初級中学に入学。

一九六八年 **13歳**
創作を開始する。

一九七〇年 **15歳**
省立竹山高級中学入学。笛韻詩社を設立するなど、文芸活動を行う。

一九七三年 **18歳**
私立中国文化学院東方語文学系日文組入学。

一九七五年 **20歳**
岩上や李瑞騰らと『詩脈』季刊を創刊。

一九七六年 **21歳**
第一詩集『銀杏的仰望』（自費出版）出版。十月、徴兵。

一九七七年 **22歳**
呉濁流新詩賞受賞。

一九七九年 **24歳**
散文集『流浪樹』（徳馨室出版社）出版。八月、退役。『陽光小集』（陽光小集詩社）を創刊。

一九八〇年 **25歳**
長篇詩「霧社」が時報文学賞受賞。詩集『種籽』（東大図書）出版。『時報周刊』の編集者となる。

一九八二年 **27歳**
『自立晩報』の編集者となる。

一九八三年 **28歳**
『台湾文芸』の同人となる。散文集『在雨中航行』（蘭亭出版社）、童話集『中国神話故事』（九歌出版社）出版。

一九八四年 **29歳**

詩集『十行集』（九歌出版社）出版。

一九八五年　30歳

評論集『康荘有待』（東大図書）出版。詩集『歳月』（大地出版社）、台湾語詩集『土地的歌』（自立晩報）出版。英訳詩集 *"My Cares"* を自費出版。アイオワ大学創作ワークショップ参加。

一九八六年　31歳

童話集『中国寓言故事』（九歌出版社）、詩集『四季』（漢芸色研）出版。

一九八七年　32歳

台湾ペンクラブ成立、理事となる。詩集『心事』（漢芸色研）出版。

一九八八年　33歳

散文集『世界静寂下来的時候』（漢芸色研）、『一個年軽爸爸的心事』（漢芸色研）出版。『中華現代文学大系・詩巻』（九歌出版社）の編集委員となる。

一九八九年　34歳

安西水丸『四季明信片』（合森文化）を翻訳出版。

一九九〇年　35歳

民主人同盟の発足（発起人・呂秀蓮）にともない常務理事となる。呉三連台湾史料基金会秘書長となる。

一九九一年　36歳

『蕃薯』詩刊創刊、同人となる。中国文化大学新聞研究所修士課程に入学。

一九九三年　38歳

詩集『在寛闊的土地上』（北京・人民文学出版社）、評論集『迎向衆声――八〇年代台湾文化情境観察』（三民書局）出版。英訳詩集 *"The Four Seasons"*（John Balcom 訳、Taoran Press）出版。

一九九四年　39歳

経営危機により、自立晩報社を離職。政治大学新聞研究所博士課程入学。静宜大学中文系などの講師となる。民進党の「党章党綱研修小組」委員となる。

一九九五年　40歳

時評集『為台湾祈安』（南投県立文化中心）出版。原郷文化協会監事となる。

一九九六年　41歳

まどみちお児童詩集『大象的鼻子長』（時報出版）を翻訳出版。静宜大学中文系専任講師となる。台湾語児童詩集『鏡内底的囝仔』（新学友書局）、評論

集『喧嘩、吟哦與嘆息――台湾文学散論』（駱駝出版社）出版。

一九九八年　**43歳**

インターネット上にHP「向陽工坊」を開設。

二〇〇〇年　**45歳**

『自立晩報』に復職。

二〇〇一年　**46歳**

散文集『日與月相推』（聯合文学）『跨世紀傾斜』（聯合文学）出版。馬悦然・奚密との共編『二十世紀台湾詩選』（麥田）出版。

二〇〇二年　**47歳**

『向陽台語詩選』（金安出版）を「台語文学大系」の一冊として出版。児童詩集『春天的短歌』（三民書局）出版。散文集『月光冷冷地流過』（華成出版）出版。須文蔚との共編『台湾文学教程・報道文学』（二魚文化）出版。

二〇〇三年　**48歳**

東華大学民族発展研究所副教授となる。散文集『安住乱世』（聯合文学）出版。ノーベル文学賞のウォーレ・ショインカ詩歌朗読会（台北）に参加し、対話を行う。

二〇〇四年　**49歳**

評論集『浮世星空新故郷――台湾文学伝播議題析論』（三民書局）出版。台湾行政院政務顧問となる。中興大学台湾文学所副教授となった後、真理大学台湾文学系専任講師に転じる。詩「顔と手を出さないように願います」（江佳頴編曲）が、台北世紀合唱団の台北市「新舞台」で歌われる。台湾語詩「阿母的頭鬘」が、「台語創作歌曲之夜」（国家音楽ホール）で歌われる。

二〇〇五年　**50歳**

総統府人権諮問委員会秘書となる。詩集『乱』（印刻）出版。

二〇〇六年　**51歳**

国立台北教育大学台湾文化研究所副教授となる。DVD『台湾詩人一百・影音計画――向陽』（国家台湾文学館）出版。東華大学数位（デジタル）文化中心・台湾文学網路学院の準備委員となる。編選『二十世紀台湾文学金典』（小説巻四冊・散文巻三冊、聯合文学）出版。

二〇〇七年　**52歳**

台湾語詩「阿爹的飯包」が高雄県政府によってD

ＶＤ化され、小中学校の郷土語文の教材となる。詩集『乱』が国立台湾文学館台湾文学賞（新詩金典奨）を受賞。

二〇〇八年　53歳

評論集『守護民主台湾』（前衛）『起造文化家園』（前衛）出版。台北教育大学台湾文化研究所長となる。

訳者後記

三木直大

1

向陽作品の経年的な画期については、詩人自身のエッセイに簡潔に整理されて述べられているので、ここでは繰り返さない。中国語で書かれた作品については、ほぼその全体像を日本語への翻訳の形で、読者に提供できたのではないかと考えている。ただ、詩人の全貌というとき、向陽には台湾語で書いた一連の作品があり、年譜にもあるように、『土地の歌』（一九八五）などの台湾語詩集がある。今回、その紹介はできていない。

向陽という詩人を考えるとき、中国語で書かれた世界だけでなく、台湾語で書かれた世界を対比させてみる必要があるだろう。台湾語でないと書けないもの、中国語だから書いてしまうものというのが、この詩人にはあるように思われる。台湾語といっても、原住民語を別にして、台湾の漢族には大別すると、閩南語系と客家語系の二系統あるのだが、ここでの台湾語とは向陽にとっての母語に位置づけられる閩南語である。

詩集『土地の歌』は、初期作品を中心に台湾語詩を集めたものだが、それだけではなく台湾における台湾語現代詩の開拓者的作品である。向陽の台湾語詩は、台湾語表記を台湾式ローマ字などで表記するというのでなく、発音を漢字表記するものが中心である。向陽といえば台湾語詩人というイメージも、台湾ではつよい。向陽は『土地の歌』[1]を、「郷土意識」を根底においた「家譜」の詩だと位置づけている。たとえば、「父さんの弁当」や「かあさんの黒髪」などは、家族の日常の生活のイメージを、詩人自身の成長の記憶と結びつけて形象化した作品である。内容的には生活の苦しさをリアルに表現するというものが多いが、どこかユーモラスで奔放な詩的イメージの流出がある。

毎日朝起きると、空はまだ薄暗い
父さんは弁当を持って
古いバイクにまたがり、家を出て
河原へ砂利運びにいく

毎朝ぼくは考える
父さんの弁当は何だろう
ぼくと兄さんの朝飯は包子と豆乳だ
父さんの弁当にはきっと卵も入っている
そうでなきゃ砂利運びなんてできやしない

ある日の朝、空がまだ真っ暗なとき
ぼくはこっそり台所に入り、父さんの弁当を
あける、ゆで卵半分も入っていない
野菜が三つと、芋入り飯だ

この「父さんの弁当」（一九七六）は、二〇〇七年に小学校の台湾語教材にも採用されていて、児童文学的な趣きがある。児童文学といえば、やはりこの翻訳詩集に紹介できなかったが、向陽には「児童詩」というジャンルの創作が継続してあり、数多くの作品が台湾語で書かれている。「父さんの弁当」のように、小学校の教科書に、曲を付け唱歌として採用されてもいいような作品も多い。また、年譜にも紹介したが、まど・みちおの作品集も出版していて、「ぞうさん」などの翻訳があり、「児童詩」というジャンルは、この詩人に一貫してある関心なのだと思う。詩の表現面から面白い作品も多く、たとえば「影のある子と影のない子」（一九九六）はこんな詩である。

鏡のなかの子
は影のない子
鏡のそとの子
は影のある子

影のない子は鏡のなか
影のある子は鏡のそと

影のある子はぼく
影のない子もぼく

影のないぼくは鏡のなか
影のあるぼくは鏡のそと

鏡のなかのぼく
は影のない子

鏡のそとのぼく
は影のある子

この作品は、『鏡のなかの子ども』（新学友書局、一九九六）に収録された十篇のなかの一篇だが、これを向陽は、ラカンの鏡像理論を応用して、鏡を見る子どもの心を表現しようとしたという。児童詩といっても、理論を意識した前衛詩的な試みをおこなっている。向陽は、インターネット上にホームページ「向陽工坊」(2)を開設しているが、そのなかの「向陽詩坊」には台湾語詩や児童詩も、多数収録されている。台湾語を漢字表記した言葉には、中国語で意味を注記してあるので、関心のある読者はのぞいてみていただければと思う。

2

向陽は自分の詩歴のなかで、『十行集』（この翻訳詩集では『十行』）と『土地の歌』は「車の両輪」(3)として、一方で「文化伝統」を書き、一方で「社会現実」を書くというのだが、この両者の方向性が、現在に至るまで、この詩人のなかでうまく折り合いがつかないままなのではないかという思いが、訳者にはある。もちろん、それには前提がある。『十行集』の時代は、台湾語で書くこと自体がまだまだタブーの時代であった。また、多数の読者を獲得するためには、中国語で書くことは必要な選択でもあった。とはいえ、中国語で書かれた作品は、つまりこの翻訳詩集に訳出したものだが、どこか正装をした雰囲気が強いのだ。

詩人の簡政珍は、『十行集』と『土地の歌』を、次のように評している。

『土地の歌』は、そのスタイルにおいて『十行集』と逆方向の作品である。『十行集』は古典との結びつきが強く、『土地の歌』は郷土のほうを向いている。向陽は、この詩集では台湾語方言で詩を書き、詩を生活化し、泥臭さを醸しだしている。描く範囲は田舎から都会まで、親族から隣村まで、個人の成長から外在世界の変化にまで及んでいる[4]。

「古典との結びつき」というのは、中国語古典詩の技法としての「起承転結」や「韻律」などの現代詩への導入が、『十行集』には特徴的だということである。中国語詩の韻律のリズムまでを日本語詩に翻訳するのは至難の業で、今回の翻訳では試みることができていないが、たとえば「立場」という作品でも、十行の脚韻はすべてang音で揃えられていたりする。こうした詩の創作は、中国の五四文学以降の聞一多たちの「新月派」など、中国現代詩における現代格律詩の流れに、自身の作品を位置づけようとするものでもあり、それは必然的に、何故、中国語で詩を書くのかという詩人の自問と結びついているはずである。

向陽たちが一九七九年に創刊した詩雑誌『陽光小集』は、台湾南部の詩人たちをメンバーの中心としながら、余光中や洛夫や周夢蝶など外省人一世の著名な詩人たちの作品を掲載しているほか、陳克華や鴻鴻といった外省人新世代の詩人の発掘をおこなっている。台湾の幅広い層と世代の詩人たちの新しい活動の場であることを目指そうとした『陽光小集』の主張の要は、「再建民族詩風」に集約されるだろう[5]。

五〇年代から六〇年代の台湾詩壇では、「縦の継承」(伝統)ではなく「横の移植」(欧化)を中心にして、新しい台湾文化を創出しようとした。戒厳令施行後の過酷な政治状況のなかで、台湾に文化を再生するために、それはどうしても必要な方法でもあった。だが七〇年代になると、本省人新世代の文学者たちが、それまでの構図を逆転させることで、自分たちの文学の場所を新たに確立していこうとする試みを開始する。そこには蔣経国政権下での、国際社会における台湾の政治的位置づけの模索や、中華人民共和国の「文化大革命」などを意識した文芸政策の変化という社会背景もあった。ただ、本省人新世代にとっての難問は、継承するべき「縦」(伝統)をどこに求めるかであった。そして、彼らが「民族」というとき、そこではあきらかに「中国」が意識されたのである。そこにはまた、外省人新世代を含めた新世代の台湾文学の創出という目的意識もあったと考えられる。

だが、そもそも向陽のいう「文化伝統」とは何なのだろうか。どうして、それは中国語で書かれ、台湾語で書かれないのか。向陽は「民族詩風」というが、彼は本省人詩人のなかでも台湾本土色の強い詩人である。外省人詩人が「文化伝統」を中国語で書くのなら、その「伝統」とは、ノスタルジアであれ、「中華民族」のそれである。では、向陽は、台湾人である自分を、それ以前に「中華民族」の一員としてとらえているのだろうか。彼は屈原の「離騒」の世界を、中学校のときにその作品に触れ影響を受け、自分の模範としてきたという。そのことは収録されている詩人のエッセイにも書かれている。

屈原の「離騒」が、楚の方言で書かれた詩であることで、向陽の方言で書くという台湾語詩の理念と矛盾はしないにせよ、何故、屈原に「伝統」を求めないといけないのか。そして、どうして台湾語詩の自由な世界が、中国語詩においてもそのまま彼の詩の世界になっていってはいけないのか。そうしたことが私にはどうしても疑問として残る。欧米の文学を「横」ととらえ、それ以外のところに文学の様々なモデルを求めていこうとし、植民地時期以前の台湾文学が「縦」とならないのなら、「中国」を意識する以外にない。また、一九七〇年代の政治状況のなかでは、まだ「台湾本土」を正面から主張することはもちろんできない。そこで「民族詩風」という言葉をあえて使用することで、その「民族」を新しい「台湾民族」に置き換えた側面もあるだろう。だが、詩の創作の問題としては、そこに矛盾に満ちた課題が立ちあらわれることになる。それは、現実政治の問題だけに帰着できるものではなく、台湾語を母語とする新世代詩人が、中国語を文学言語として選択したとき、どうしても立ち向かわざるをえない難問だったのではないか。

3

『十行集』をどう読めばいいのかを、もう少し考えてみたい。向陽が台湾詩壇に登場するのは、一九七〇年代後半からであるが、同時期の大きな文学史的出来事として、「郷土文学論戦」がある。台湾現代詩史のなかでは、さらに七〇年代初めの「現実主義的な文学」を目指そうとする陳芳明たちの「龍族」詩刊の刊行からの流れや、「現代詩論争」を受け継いでいる。向陽が登場した七〇年代という時代は、外省人の文学者たち中心の「モダニズム文学」へのアンチテーゼとして、「現実主義文学」が唱えられた時代である。もちろん、ここでの「モダニズム文学」も「現実主義文学」も、台湾文学史における「族群（エスニックグループ）」ポリティークの配置図のなかに置かれているのであって、「モダニズム文学」とは何か、「現実主義文学」とは何かの本質論があるわけではない。

七〇年代台湾現代詩壇の改革運動は、社会構造の変化という巨視的観点からすると、「新階級」形成後の運動でもある。そこでの主張を、簡潔に要約すると、次のように言えるだろう。強権政治のもとで、「新階級」はまず反西欧化の「民族的」論述を試み、次に反覇権の「現実的」論述に移り、最後にそれらを統合するかたちで反中国の「本土的」論述の出現を形成した。(6)

これは、向陽が、いわば現在の視点から、七〇年代の文学活動を整理したものである。文学の「欧化」が、詩を「現実」から乖離させ、空疎なものにさせている。現実に回帰しなければならないというのが、基本的な立場である。だがそれは、主張する論者によって様々な差異は存在するが、決して本質論ではなく、台湾文壇の政治学の色合いが強い。この問題を、陳正醍は以下のように書いている。

郷土文学論戦の中では「郷土文学」の提唱者・擁護者の側から、一見地域主義的な印象を与えるこの「郷土文学」の中国的性格・民族主義の立場が強調されてくる。そこに現われている意識は、台湾の特殊な歴史がそのまま中国全体の歴史の普遍的な性格を持っているという重層的な、いわば「中国／台湾」意識である。このような（「中国」（「大陸」と等置されるものではない）と「台湾」とを「普遍」と「特殊」として論理的に位置づけ統一的に把握する認識が、台湾において一般的であるかどうかは即断できない。しかしこうした自覚的な認識の存在は、即時的な「台湾意識」が、潜在的・無意識的であれ、本来的に「中国」の契機を孕む重層的な性格を持っていることを予想させるものである。[7]

そうだとすると、陳正醍の指摘する「郷土文学の民族主義的性格」[8]が、向陽の文学的出発の時代背景であったことになる。七〇年代後半の「郷土文学論戦」の特徴は、主に本省人新世代によって、それがなされたことである。本省人詩人を、陳千武や林亨泰を第一世代、趙天儀や李魁賢を第二世代とすれば、向陽は李敏勇などとならぶ第三世代であり、一九四五年以降生まれの「戦後世代」に属する。そのなかでも、向陽はさらに若い年代に属する。先行する世代の詩人たちの仕事を、新世代として乗り越えていこうともして、彼が『十行集』でやろうとしたことは、「民族主義的性格」をもった「郷土文学」創出のための、きわめて理念的な実験ではなかったのだろうか。

『十行集』の創作は、一九七六年から一九八四年にかけての、ほぼ十年にわたっている。一九七九年の美麗島事件をはさんで、台湾の社会は大きく変化していくが、その時々の変化もまた、『十行集』の作品は反映していっている。

4

詩人のエッセイの冒頭に、訳者からの手紙に、詩と政治との関わりについての質問があったと書かれている。翻訳作業を続けていて、「詩の政治性」という問題について、しばしば考えさせられた。文学は、もちろん政治性とは切り離せないものだが、その政治性とは広義なものであり、様々な位相がある。直截な現実政治との関係性が意図された詩も、世界の各地で様々に書かれている。向陽がエッセイの最後に、彼の詩作の模範のようにして名前をあげるP・ネルーダもそうである。ネルーダの作品には、猥雑な性愛や、むきだしの生へのエネルギーや、自己内対話が溢れていて、それが政治性と共存して、ネルーダの世界をつくっている。

ところが向陽の中国語作品は、ネルーダの作品がもつ饒舌な多様性のようなものから遠く、きわめて理念的な詩の世界になっている。それが、訳していて、私にはいちばんの違和感だった。おそらく、その理念性を、私は向陽詩の政治性と考えているのだと思う。台湾語ではなく中国語で書くことが、向陽の詩をこんなふうにしてしまっているところがあるのではないか。

だから、詩人自身が批判の対象とする「純粋詩」すらに、詩人の詩そのものがなってしまう自己撞着のようなものが、向陽の作品にはあらわれる。『四季』は、「泥土と花」が彼自身の書いた作品を自己否定するかのように（或いは自己擁護するかのように）中心に座っている奇妙な詩集だと思えてならない。いわば彼自らが嫌う「純粋」そのものの詩に、詩の規律と文化伝統にこだわればこだわるほど、向陽の詩は逆転し、モラリスティックで理念的な「純粋詩」に変形していく。この矛盾に満ちた自己撞着が、向陽という詩人の本質と考えるべきではないのだろうか。向陽という詩人の詩は、そのように読み進めてはじめて、ダイナミズムを持って、詩の世界が読む者の前にひろがってくるように思える。

詩人から送られてきた原稿は、最初は『十行』と『四季』のみであった。両詩集へのこだわりがうかがえる。収録作品数も多かった。だが、『四季』からすでに二十年以上が経過している。向陽の全貌を提供するためにも、他の作品の収録が必要と考え、詩集『歳月』から「霧社」、詩集『乱』から近作を紹介したい旨を詩人に伝え、現在のかたちになった。また、訳者の力不足から、送られてきた作品のうち数篇は、翻訳を見送っているものもある。あらためて、詩人にお詫びしておきたい。

なお、翻訳作業の過程では、台湾人留学生の陳貞竹さんと栄文さんにお世話になっている。「霧社」の翻訳にあたっては、鄧相揚著『抗日霧社事件をめぐる人々——翻弄された台湾原住民の戦前、戦後』（日本機関誌出版センター、二〇〇一）を参照したほか、この書物の監修者・翻訳者でもある下村作次郎氏、魚住悦子氏にご教示をいただいた。あわせて、タイアル族の神話については、台湾原住民文学選5『神々の物語——神話・伝説・昔話集』（紙村徹編・解説、草風館、二〇〇六）も参照した。

また、思潮社版台湾現代詩人シリーズは、台湾文学協会・林水福理事長と三木を編集委員、思潮社の亀岡大助氏を編集担当として、台湾行政院文化建設委員会の助成金を受けて刊行するものである。

（1）向陽、「後記——『十行』心路」、『十行集』、九歌、一九四頁、一九八四。

（2）「向陽工坊」は、以下にＨＰがある。http://hylim.myweb.hinet.net/

（3）向陽、「十行心事——新版序」、『十行集』、一一頁。

（4）簡政珍、「向陽論」、『新世代詩人精選集』、書林、二七六頁、一九九八。

（5）楊文雄、「風雨中的一線陽光——試論『陽光小集』在七、八十年代詩壇的意義」、『台湾現代詩史論』、文訊雑誌社、三一三頁、一九九六。

（6）向陽、「微弱但是有力的堅持——七〇年代台湾現代詩壇本土論述初探」、同上、三六五頁。

（7）陳正醍、「台湾における郷土文学論戦（一九七七—一九七八）」、『台湾近現代史研究』第3号、二六頁、一九八一。

（8）同上、五五頁。

訳者略歴

三木直大（みき　なおたけ）

一九五一年、大阪府生まれ。東京都立大学大学院博士課程満期退学。現在、広島大学総合科学部教授。訳書に『魯迅全集』第五巻（共訳、学習研究社）、『現代中国文学選集』第三巻（共訳、徳間書店）、『台北ストーリー』（共訳、国書刊行会）、『台湾現代詩Ⅲ』（共訳、国書刊行会）、李喬『寒夜』（共訳、国書刊行会）などがある。

編集委員略歴

林水福（リン　シュイフゥ）

一九五三年、台湾生まれ。東北大学（日本）文学博士。台湾文学協会理事長。輔仁大学教授、国立高雄第一科技大学教授を歴任、現在は興国管理学院講座教授。著書に『現代日本文学掃描』、『日本文学導遊』、『源氏物語的女性』など。主な訳書に遠藤周作『沈黙』、『深い河』、『海と毒薬』、井上靖『青き狼』、辻原登『翔べ麒麟』などがある。

台湾現代詩人シリーズ⑧
乱《らん》　向陽詩集

著者　向陽《シアン・ヤン》
編訳者　三木直大《みきなおたけ》
シリーズ編集委員　林水福　三木直大
発行者　小田久郎
発行所　株式会社思潮社
〒一六二―〇八四二　東京都新宿区市谷砂土原町三―十五
電話〇三（三二六七）八一五三（営業）・八一四一（編集）
FAX〇三（三二六七）八一四二
印刷所　三報社印刷株式会社
製本所　株式会社川島製本所
発行日　二〇〇九年二月二十五日